LES TROIS NUITS
D'UN GOUTTEUX,
POËME EN TROIS CHANTS.

Se trouve à Paris,

Chez Lefèvre, Libraire, rue de l'Éperon, nº 6 ;

Chez Delaunay, Libraire, au Palais-Royal ;

Et chez les Marchands de Nouveautés.

LES TROIS NUITS
D'UN GOUTTEUX,

POËME EN TROIS CHANTS,

DÉDIÉ A M. CIRCAUD,

MÉDECIN, A LA CLAYETTE (Saône et Loire).

PAR M. LE C[TE] FRANÇOIS DE NEUFCHATEAU,

DE L'ACADÉMIE FRANÇAISE.

Gustatâ Lethes penè remissus aquâ.

MARTIALIS.

A PARIS,

DE L'IMPRIMERIE DE CRAPELET.

1819.

N. B. Ce Poëme servira de *specimen* typographique pour l'Édition des *Poésies diverses* de l'Auteur, qui n'ont jamais été recueillies et qui paraîtront, pour la première fois, l'hiver prochain, en 2 volumes *in*-8°.

Elles seront suivies des *Mémoires de sa Vie*, aussi en 2 volumes *in*-8°.

LES
TROIS NUITS D'UN GOUTTEUX,
POËME.

PREMIER CHANT.

LA TISANE.

INVOCATION A UN HÈTRE DU DOMAINE DE BEUF, *
DANS LE CHAROLLAIS (Saône et Loire).

« Rival et compagnon du chêne audacieux,
Arbre élevé, superbe hêtre,
Dont la feuille autrefois enchantait nos aïeux
Qui l'avaient dédiée au souverain des dieux !
Ornement du vallon qui rit sous ma fenêtre,
Dans ce pays sauvage et charmant à la fois
Où l'amitié cacha son temple au fond des bois;
Bel arbre, que viens-je te dire?
Sur ton écorce, hélas! je n'ai rien à graver.
Après sept fois dix ans, lorsqu'à peine on respire,
A des chiffres d'amour on est loin de rêver.

* Propriété de M. C. Geoffroy, ancien député, ami de l'auteur.

Un autre soin m'occupe. Aux rives de la Loire
Croyant toucher déjà, par mon zèle entraîné,
D'un grand projet abandonné *
Fesant revivre la mémoire,
J'espérais.... ô douleur! qu'espérer, et que croire?
Hélas! des pieds, des mains, des genoux enchaîné,
Éprouvant d'Arthritis l'implacable furie,
Nuit et jour, comme un forcené,
Quoique très-peu crieur, il faut bien que je crie!
La goutte aime qu'on l'injurie.
Après m'être ainsi démené,
Las d'une si vaine querelle,
Regardant de ces lieux la beauté naturelle,
Mes yeux dans ce vallon viennent de t'observer.
Cette nature! l'homme est injuste pour elle!
Eh bien! elle me dit que tu peux me sauver.
Le mal est partout sur la terre;
Mais tandis qu'on s'en désespère,
Le remède est partout, si l'on sait le trouver.
Beau hêtre, écoute ma prière!
Je dis vrai, tu vas le prouver.

« Virgile, heureux amant de la muse champêtre,
Reposant à l'ombre d'un hêtre,
Sous le nom de Tityre, enflait ses chalumeaux. **
Je ne suis point Tityre, et n'ai rien de Virgile
Qu'une santé non moins fragile
Et son goût pour les champs, les bois et les troupeaux;

* Le projet du président Jeannin et de Henri IV, de faire un pont sur la Loire, à Digoin, au-dessus de l'embouchure du canal du centre.

** *Tityre, tu patulæ recubans sub tegmine fagi, etc.*

Pétri d'une plus faible argile,
Je ne puis chanter que mes maux.
Permettras-tu, bel arbre, à mes douleurs cuisantes
D'enlever ces feuilles luisantes
Qui sont l'honneur foncé de tes épais rameaux?

« J'aurais voulu, comme Tityre,
Profiter de tes biens, sans chercher à te nuire;
Sans tromper l'espoir de tes fruits,
De l'olivier du Nord intéressants produits.
Beau hêtre! assurément ta Dryade m'est chère;
Je suis peu destructeur, on le sait bien, je croi.
Les jeunes robiniers qui montent près de toi
M'ont souvent appelé leur père;
Mais une inflexible Mégère,
La Nécessité seule ici me fait la loi.
Écoute : on ne peut être impunément utile,
Et c'est souvent un tort d'être en dons trop fertile.
Apprends donc la propriété
Qui t'attire aujourd'hui mon importunité:
Ton feuillage, infusé par une main habile,
Plus doux, moins âcre que le thé
De la Chine en Europe à grands frais apporté,
Peut calmer doucement les ardeurs de ma bile,
Et par degrés enfin me rendre à la santé.
Ton amande, de loin élaborant son huile,
Laisse à ta feuille encor cette onctuosité.
Consens.... Mais est-il vrai! qu'ai-je vu! quel prodige!
Arbre sensible et bon, tu m'as donc entendu!
J'ai vu de loin vers moi pencher ta noble tige,
Et ta faveur m'a répondu:
J'en accepte l'heureux présage.

« Sans sortir de ce beau jardin,
Au mystère innocent l'on travaille soudain.
La Nayade du voisinage
Prête une eau qui s'échauffe aux trépieds de Vulcain.
L'Amitié même a, de sa main,
Au fond de la thière arrangé ton feuillage
En nombre impair, nombre divin :
Mon Virgile l'a dit, respectons son adage. *
Sur tes feuilles bientôt le liquide bouillant
Se verse, et tombe en pétillant.
J'y joindrais un miel pur, doux présent des abeilles,
Qui du même poète éternisent les veilles;
Mais il faut quelquefois sacrifier son goût;
Car l'amitié, qui sucre tout,
Veut forcer de son sucre et la dose et l'usage.
Le charme est fait; et dans l'instant
Je bois ce limpide breuvage
Qui n'a rien du codex et n'est point rebutant;
L'œil, le nez, le goût est content :
Mais à peine ai-je bu, qu'Arthritis avec rage
Sent couler le baume humectant
Qui doit apaiser son ravage.
Ma langue était aride et mon pouls irritant;
Ma langue est rafraîchie et mon pouls se dégage.
Grâce à ce philtre heureux coup sur coup répété,
Je vois autour de moi renaître la gaîté.
L'amitié dit : « Courage! allons, persévérance! »
Mon fils, qui dans mes yeux éteints
N'osait plus lire mes destins,
Dans mes yeux éclaircis reprend son assurance.

* .... *Numero Deus impare gaudet.*

Pauvre Aimé! qu'il a mal à mes pieds, à mes mains!...
Ah! confirme son espérance,
Bel arbre, et désormais sois l'ami des humains!
On célébrait tes fruits, et ton huile, que l'âge
Rend meilleure; et ton vaste ombrage;
Et ton bois propre à tout, ton bois dur, souple et long.
Si tu remplis mes vœux, les bergers du vallon
Te rendront un nouvel hommage;
Et l'on couronnera de ton brillant feuillage
Esculape, fils d'Apollon.
Coiffer un dieu, c'est quelque chose:
Être soi-même dieu, c'est sans doute encor plus:
Eh bien! si de l'Olympe un poète dispose,
Écoute ce que je propose:
Fais marcher le pauvre perclus.
Du miracle chacun voudra savoir la cause;
Je la dirai, sans doute, en vers non ambigus;
Et voilà, par le fait, la feuille de *Fagus*
Sûre de son apothéose! »

C'est ce que m'a dicté la première des nuits,
Où la rime trompait ma fièvre et mes ennuis.
Rimer avec la fièvre!... Oui! dans cette disgrâce,
De l'ami de Mécène osons suivre la trace;
Fesons des vers! alors, plus de peur, ni de soin;
Nous les jetons au vent qui les emporte au loin. *
Craint-on de s'égarer sur un texte d'Horace?

* *Musis amicus, tristitiam et metum*
Tradam protervis in mare Creticum
Portare ventis.

HORAT.

DEUXIÈME CHANT.

LE MÉDECIN, OU LA SCIENCE ET L'OBLIGEANCE.

Doucement! doucement! je ne saurais bouger,
Et mes vers vagabonds, de l'Olympe au Parnasse,
    Se promènent d'un vol léger.
Comme la poésie est leste à voyager!
    Quelle faiblesse, et quelle audace!
L'esprit court, et le corps ne peut changer de place.

    Cependant, au fond du désert
    Où, pour charmer mes insomnies,
J'exhale les accents d'une voix qui se perd,
Dieu! quelle illusion, et quel heureux concert!...
On m'entend. O des cœurs secrètes harmonies!
Est-ce un nouveau prodige? A mon chevet je vois
Paraître tout à coup un de ces bons génies
    A qui les Hallé, les Dubois,
Les Boyer, les Pinel, montrèrent autrefois
Du grand art de guérir les routes infinies:
De ces fameux savants les têtes réunies
    D'Hippocrate ont refait les lois.
Il est deux points, surtout, dont leur zèle s'honore:
L'exemple est le premier; la leçon vient après.
    La souffrance qui les implore
A soulager ses maux les trouve toujours prêts.
    Cette tâche, si bien remplie,

Est le moindre de leurs bienfaits.
Ce qui rend leur gloire accomplie,
C'est que leur influence au loin se multiplie
Dans les élèves qu'ils ont faits.
Leur disciple Circaud, devenu leur émule,
Accourt auprès de moi, par l'amitié conduit.
Son éloquence me séduit;
Ma débilité le stimule.
Il en cherche la cause; il est surpris de voir
Que je pousse à l'excès l'abus d'un bon principe.
Sitôt que d'Arthritis je ressens le pouvoir,
L'abstinence à mes yeux est le premier devoir;
Je suis plus sobre que Chrysippe.
De ce précepte infatué,
Bientôt ma force se dissipe,
Et je demeure exténué.
Trop souvent les goutteux, mes malheureux confrères,
Suivent des maximes contraires.
Mais l'homme intempérant est son propre assassin;
Et s'il faut l'arracher de table,
La cruauté du médecin
Est juste, et sa pitié doit le rendre intraitable. *
Circaud et moi, sommes rangés
Dans un autre ordre de bataille.
Je plaide pour le jeûne, et d'estoc et de taille;
Et lui me dit : Mangez, mangez! —
Manger, ô ciel! quelle incartade!
Pour affaiblir le mal, mon cher docteur, songez
Qu'il faut affaiblir le malade.
Si je fais par malheur ce que vous exigez,

* *Crudelem medicum intemperans ægerfacit.* Publ. Syrus.

Je me tuerai. — Non! non! par votre diète fade
C'est bien vous qui vous égorgez.
Il faut absolument que je vous persuade.
Nous vaincrons vos douleurs; perdez vos préjugés! —
Je me défends; mais il insiste
Avec l'autorité que donne le talent;
Il faut s'y rendre. O ciel! quel effort violent
Pour un zélé pythagoriste!
A ma doctrine rigoriste
Je renonce, et mange en tremblant;
J'en craignais l'effet le plus triste:
L'effet en est heureux, moi-même j'y prends goût;
De mon peu de vigueur vraiment j'étais au bout;
L'appétit renaissant m'avertit que j'existe,
Et le docteur répond de tout.
Nul scrupule enfin ne m'arrête:
Manger fut mon tourment; je m'en fais une fête,
Et dis aux malheureux qui souffrent sans repos:
« Voulez-vous recourir à l'oracle de Cos?
« Venez! son temple est à la Claîte. » *
C'est de là que sans cesse, et par monts et par vaux,
A servir les humains son ardeur obstinée
Suit le cours fatigant de ses nobles travaux.
Une plus douce destinée
L'aurait fait dans Paris monter au premier rang;
Mais l'amour du pays, cet aimable tyran,
Tient ici son âme enchaînée.
Plutarque ainsi dans Rome appelé par Trajan,
Aima mieux vivre à Chéronée.

* M. Circaud demeure à La Clayette (qui se prononce La Claîte), jolie petite ville sur une espèce de lac, dans un site pittoresque.

Singulier effet du hasard!
Quand j'allai décerner les palmes de l'étude
Dans l'école célèbre où les secrets de l'art
Décrits par Hippocrate avec exactitude,
Furent éloquemment rendus par Corvisart; *
Qui m'aurait dit qu'un jour, dans cette solitude,
Un jeune homme, à vingt ans par mes mains couronné,
Viendrait, après quatre autres lustres,
Mis lui-même au rang des illustres, **
Me tirer de l'abîme où j'étais entraîné?
Jusqu'où du vrai savoir l'empire peut s'étendre!
Le secours qu'en ces lieux j'étais si loin d'attendre,
De Paris est donc émané!

O capitale des sciences!
C'est dans ton sein, brillant Paris,
Qu'au flambeau des expériences
S'éclairent ces jeunes esprits
Qui vont partout ensuite agrandir le domaine
Et les progrès croissants de la raison humaine!
Tes écoles, pour l'univers,
Sont la pépinière des hommes
Qui, dans tous les genres divers,
Font honneur à l'âge où nous sommes.

* L'auteur, étant ministre de l'intérieur, fit l'inauguration de l'École clinique de Médecine de Paris, où M. Corvisart prononça un savant discours sur des textes d'Hippocrate qui étaient affichés dans la salle, et où le jeune Circaud eut un des premiers prix.

** M. Circaud est membre de la Légion d'honneur. Le courage qu'il a montré, et les services qu'il a rendus dans les épidémies venues à la suite des armées, lui ont mérité, de la part de son département, les distinctions les plus flatteuses.

Garde cet attribut, ô ma noble cité!
Il est pur; on ne peut t'en contester la gloire.
Des monuments de vanité
Dont te décora la victoire,
On te dépouille. Eh bien! sans sortir de ton sein,
Venge-toi! sers le genre humain.
Que de tes cours publics la semence féconde
Germe au loin, pour le bien du monde!
Virgile, pour flatter la ville des Césars,
En précepte érigeait le mépris des beaux-arts.
« O Rome, disait-il, ton art sera la guerre! *
« Le seul droit du plus fort établit tous les droits:
« Fais-toi craindre partout à l'égal du tonnerre;
« Écrase qui résiste, et foule aux pieds les rois! »
J'ose dire, en un sens contraire:
Qu'en toi-même, ô Paris, ta gloire se resserre!
Elle en sera plus grande. En tes murs désarmés,
Des arts consolateurs paisible sanctuaire,
Aux utiles emplois les talents sont formés:
Tu ne dois pas dompter, mais instruire la terre.
Voilà ton trophée immortel!
Ailleurs, quoi que l'on fasse, on ne voit rien de tel.
Tu répands d'Apollon la lumière et la vie.
Voilà le feu sacré, brûlant sur son autel,
Et que n'éteindra point l'envie.

* *Hæ tibi erunt artes, etc.* ÆNEID. VI.

TROISIÈME CHANT.

LA DATE ET L'ENVOI DU POËME.

Ici, peut-être voudra-t-on
Trouver en forme d'épilogue,
La date de ce rogaton.
J'ai commencé par une églogue,
Et fini par un récipé;
Je suis si loin de mon prologue,
Que mon sujet m'est échappé.

De branche en branche ainsi Montaigne saute, en prose:
Son allure, en mes vers, doit bien plus s'excuser.
On ne sait pas au juste où l'on va, quand on cause:
C'est un grand plaisir de causer!
Je crois à mes amis conter ce qui m'arrive;
Et de nos entretiens cette image naïve
Un moment peut les amuser.
Dans mes nuits sans sommeil ces rimes assemblées
Comme mon pouls sont déréglées.
Je n'ai point du tout imité
Du lamentable Young les chefs-d'œuvre funèbres:
Je laisse volontiers au chantre des ténèbres
Sa sublime uniformité.
Peindre ce qu'on éprouve est chose plus unie;
Mais je sens toutefois que mon faible génie
Par mes maux est trop limité.
Il est rare, après tout, qu'à son texte on se tienne:
Et même parmi les savants,

Je dis les morts et les vivants,
Le psaume répond-il toujours juste à l'antienne?

Mais je dois une date, et veux qu'on la retienne.
Ces vers donc, bien ou mal liés aux vers suivants,
Sont nés quand on comptait de notre ère chrétienne
Dix-huit siècles et dix-neuf ans.
Est-ce tout? Non. Les soirs, une belle comète
Vers le septentrion attirait tous les yeux,
Et fesait sur notre planète
Déraisonner les curieux.
Les gens, avec ou sans lunette,
En discouraient à qui mieux mieux.
Les pauvres cervelles humaines
Se troublent à l'aspect de ces grands phénomènes
Qui reculent si loin l'immensité des cieux.
Chétif mortel! en ces bas lieux,
D'un juste orgueil encor n'es-tu pas susceptible?
Sur un grain de poussière atome imperceptible,
Tu mesures pourtant tous ces globes divers;
Tu prévois leur retour; tu calcules leur masse;
Ambitieux ciron, dont la pensée embrasse
Le système de l'univers!

Le mois où nous étions fut celui du grand Jule *
Qui du monde entier fut pleuré
Quand la vertu l'eut massacré,
(Si ces deux derniers mots vont ainsi sans scrupule!)
Mais nous l'avons défiguré:
Pourquoi le travestir en juillet ridicule?
Jule devait être sacré.
Ne rapetissons point le génie et la gloire!
Autrefois tout fut grand, tout s'est bien altéré.

* Jules César.

Un langage plus épuré
Aurait mieux conservé le dépôt de l'histoire;
Et nous-mêmes, à la mémoire
Nous transmettrons aussi quelques noms éclatants,
Qu'il ne faut pas laisser outrager par le temps.
Pour moi, dont Arthritis éprouvait le courage,
J'avais déjà presque goûté
De l'onde froide du Léthé; *
Mais Circaud détourne l'orage,
Et cette fois encor, j'ai pu tromper la rage
De cette sombre déité.
Quelque empire qu'elle ait sur ma frêle existence,
Elle n'abat point ma constance;
Je la vois approcher sans pourtant cligner l'œil.
La peureuse mélancolie
Qui verse ses poisons dans une âme affaiblie,
Lui présentant toujours l'image du cercueil,
Teint jusqu'à ses plaisirs de la noirceur du deuil. **
Je n'ai point cette triste et lugubre folie
Qui du mal au mal même ajoute encor l'effroi.
Ce qui se passe autour de moi
M'intéresse, malgré la chaîne qui me lie.
Arthritis, du calice en vain brouille la lie;
Courbé sous son bras destructeur,
Je tâche de me reconnaître
Et de signaler au lecteur
Ce que je dois à mon beau hêtre,
Et surtout à mon bon docteur.
Je sens trop vivement peut-être,
Des vers le charme séducteur.
D'un charme encor plus doux la campagne est ornée;

* *Gustatâ Lethes penè remissus aquâ.* MARTIALIS.

** . . . . *Et metus ille*
Omnia suffundens mortis nigrore. LUCRETIUS.

Depuis ma tendre enfance, elle a su m'enivrer.
Sa vue ici, quoique bornée,
Me distrait et m'enchante, et j'aime à m'y livrer
Dans les heures de la journée
Où la douleur enfin me laisse respirer.

Quand de cette ennemie à me suivre acharnée
Les efforts se sont relâchés,
On recueillait le fruit des travaux de l'année;
On coupait les moissons, époque fortunée,
Si les épis n'étaient par l'Aquilon couchés,
Par la pluie amollis, par la grêle hachés!
O laboureurs, toujours en transe!
O pauvres vignerons, encor plus incertains!
Ainsi, vous nourrissez, vous abreuvez la France;
Oui! mais combien de fois cette riche espérance
Échappe-t-elle de vos mains!
Que la récolte même est un moment critique
Pour les raisins, et pour les blés!
Jusqu'à ce dernier jour, tout est problématique,
Et de tout perdre vous tremblez!
Puis, la fiscale arithmétique,
Sous de beaux noms, si vous voulez,
Économie ou Statistique,
De vos trésors, d'avance en tout sens calculés,
Porte les résultats pompeusement enflés
Au pressoir de la Politique.
Là, plus d'un coup de tourniquet
Exprime à fond le produit net
De la glèbe à grands frais par vous fertilisée;
Mais vos pleurs, vos sueurs, dont elle est arrosée,
En tient-on compte, hélas! dit-on ce qui déplaît?
On veut voir tout en beau; le vrai pur est trop laid.
Infortunés colons! tristes propriétaires!

Des fléaux réunis malheureux tributaires,
Faites naître ces biens, dont on est si jaloux!
Travaillez! évertuez-vous!
Vivez dépargne et d'abstinence!
A la récolte, enfin, vous pouvez ramasser
Ce que les accidents, la grêle et la finance
Sur votre sol ont pu laisser.

Si du moins, à ce prix coulant des jours tranquilles,
On ne vous parle plus de tempêtes civiles,
Vous bénirez le ciel de cet heureux succès!
Le repos! le repos! c'est le vœu des Français
Dans les champs comme dans les villes.
Des partis opposés détestant les excès,
Las d'être balottés dans le trouble et le vide
Par une anxiété ruineuse et perfide,
Ils n'aspirent dans leurs souhaits
Qu'à voir leur vaisseau désormais
S'arrêter dans le port, sur une ancre solide.
Conserve-nous, grand Dieu! ce premier des bienfaits!
Est-ce trop, après tant de frais,
Est-ce trop que chacun veuille, comme Candide,
Cultiver son jardin en paix?

ENVOI A M. CIRCAUD,

MÉDECIN A LA CLAYETTE, etc.

VOLTAIRE dans ses vers orna d'un juste hommage
Ce Gervasi, qui le sauva
D'un fléau douloureux au printemps de son âge; *

* Voyez dans les pièces fugitives de Voltaire, sa belle Épître à M. de Gervasi, qui le guérit, à Maisons, de la petite-vérole:

Tu revenais couvert d'une gloire immortelle, etc.

Ensuite, l'éloquent Sylva, *
Le docte Helvétius, et l'habile Vernage. **
Je voudrais, à mon tour, éterniser comme eux
Circaud, savant, modeste et sage,
Et qui reporte tout à ses maîtres fameux!
Mais comment imiter Voltaire?
Que puis-je en l'état où je suis,
Composant de mémoire et cachant le mystère
De ces vers, inspirés par les Muses des nuits? ***
N'importe! j'ai cru voir ma couche solitaire
S'éclairer d'un faible rayon,
D'un meilleur jour, sans doute, aurore salutaire;
Et j'ai, furtivement, pu saisir un crayon.
C'est en vain qu'on retire à ma convalescence
Écritoire, plume et papier :
De la pensée, en vain, l'on me prescrit l'absence,
Crainte du moindre effort qui peut contrarier
Une pénible renaissance.
Rien ne peut étouffer un sentiment vainqueur.
Mon esprit, ma tête et mon cœur
De l'art qui m'a sauvé proclament la puissance,
Et du Pinde par moi les échos avertis
Vont répéter ce cri de ma reconnaissance :
Circaud triomphe d'Arthritis!

* Malade et dans un lit, de douleurs accablé,
Par l'éloquent Sylva vous êtes consolé.
Le même, *Discours en vers.*

** Autres médecins célébrés par le même. La Faculté de Médecine de Paris a fourni de bien plus grands hommes, qui n'ont pas autant de renommée, parce qu'ils n'ont pas trouvé de Voltaire :

Carent quia vate sacro. HORAT.

*** *Nox hæc nocturnis dat lucubrata Camœnis.*

FIN.

www.ingramcontent.com/pod-product-compliance
Ingram Content Group UK Ltd.
Pitfield, Milton Keynes, MK11 3LW, UK
UKHW020457220726
13923UKWH00006B/2605

9 782019 258603